Todos a bordo

Los trenes citadinos

por Jenna Lee Gleisner

Bullfrog en español

Ideas para padres y maestros

Bullfrog Books permite a los niños practicar la lectura de textos informativos desde el nivel principiante. Las repeticiones, palabras conocidas y descripciones en las imágenes ayudan a los lectores principiantes.

Antes de leer

- Hablen acerca de las fotografías. ¿Qué representan para ellos?
- Consulten juntos el glosario de las fotografías. Lean las palabras y hablen de ellas.

Durante la lectura

- Hojeen el libro y observen las fotografías. Deje que el niño haga preguntas. Muestre las descripciones en las imágenes.
- Léale el libro al niño o deje que él o ella lo lea independientemente.

Después de leer

- Anime al niño para que piense más. Pregúntele: ¿Vives en una ciudad activa? ¿Te has subido a un tren citadino? ¿Te gustaría?

Bullfrog Books are published by Jump!
5357 Penn Avenue South
Minneapolis, MN 55419
www.jumplibrary.com

Library of Congress Cataloging-in-Publication Data

Names: Gleisner, Jenna Lee, author.
Title: Los trenes citadinos / por Jenna Lee Gleisner.
Other titles: City trains. Spanish
Description: Minneapolis, MN: Jump!, Inc., [2020]
Series: Todos a bordo | Includes index.
Audience: Ages 5–8 | Audience: Grades K–1
Identifiers: LCCN 2019029478 (print)
LCCN 2019029479 (ebook)
ISBN 9781645272489 (hardcover)
ISBN 9781645272496 (ebook)
Subjects: LCSH: Street-railroads—Juvenile literature.
Subways—Juvenile literature.
Classification: LCC TF705 .G5418 2020 (print)
LCC TF705 (ebook) | DDC 388.4/2—dc23

Editor: Jenna Trnka
Designer: Molly Ballanger
Translator: Annette Granat

Photo Credits: B&M Noskowski/iStock, cover, 6–7, 23bm; alan64/iStock, 1; meunierd/Shutterstock, 3; FangXiaNuo/iStock, 4; Craig Schuler/Shutterstock, 5; Vaternam/Shutterstock, 8–9, 23bl; littlenySTOCK/Shutterstock, 9; Transport for London/Alamy, 10–11; travelview/iStock, 12–13, 23tr; Jonathan Mengesha/Dreamstime, 14, 23tm; f11photo/Shutterstock, 15; katatonia82/iStock, 16–17, 23tl, 23br; LeoPatrizi/iStock, 18; Shutterstock, 19; Monkey Business Images/Shutterstock, 20–21 (foreground); BeyondImages/iStock, 20–21 (background).

Printed in the United States of America at Corporate Graphics in North Mankato, Minnesota.

Tabla de contenido

Sobre y debajo

Los trenes citadinos transportan a mucha gente.

Existen en grandes ciudades.

Las calles están llenas de tráfico.

Los trenes citadinos ayudan.

tren
subterráneo

Los subterráneos están debajo de las calles.

No tienen que esperar en el tráfico.

¡Qué belleza!

El Metro de Londres es uno.
Lo llamamos el Tube.

UNDERGROUND

estación

Exit
Grand Central Terminal
Escalator upstairs
Times Square &
34 St-Hudson Yds
Main St
Queens

El Subterráneo de la Ciudad de Nueva York es activo.

Es grande también.

Tiene 472 estaciones.

¡Guau!

Otros pasan sobre calles activas.

Este es el 'L' de Chicago.

Hay partes elevadas.

El tráfico pasa debajo.

cable

Los trenes ligeros
están en la tierra.

¡Son rápidos también!

Los cables los impulsan.

Los trenes citadinos tienen muchos vagones.

La gente entra y sale rápido.

¿Te has subido a uno?

Mapa del Subterráneo de la Ciudad de Nueva York

Observa este mapa. Muestra dónde corre el Subterráneo de la Ciudad de Nueva York. Todas las rutas están bajo tierra.

– ruta del subterráneo

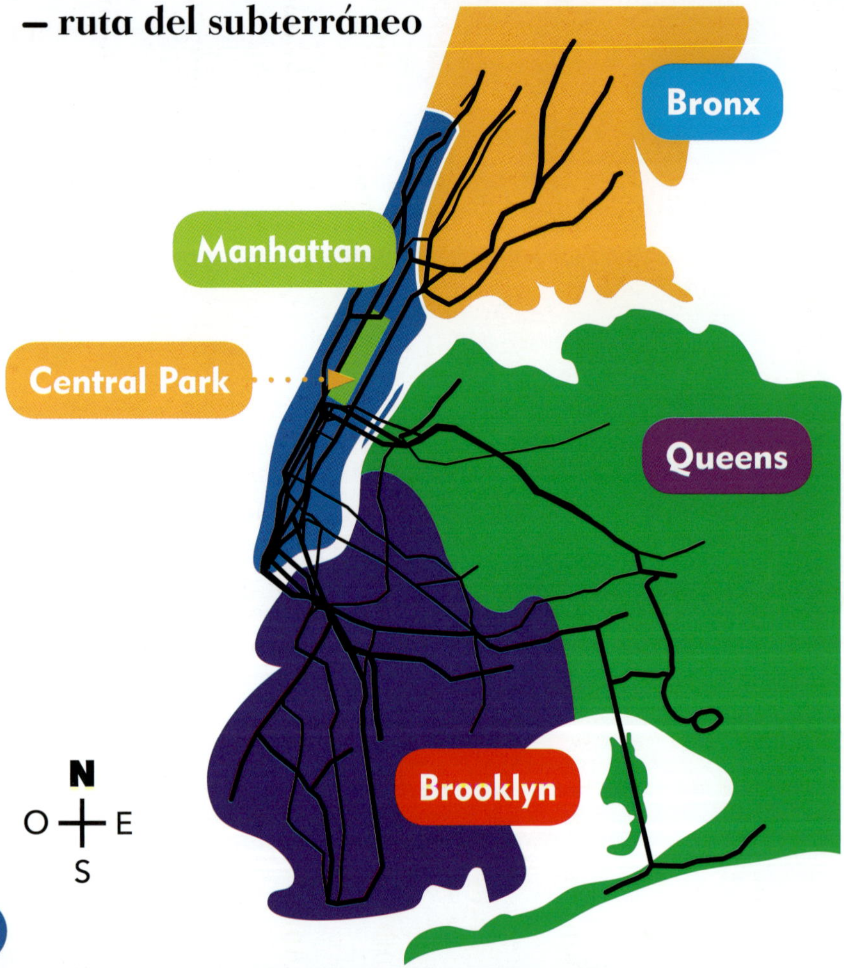

Glosario de las fotografías

cables
Hileras largas y flexibles de metal, que conducen corrientes eléctricas.

elevado
Alzado.

estaciones
Lugares donde venden billetes de tren y por donde los pasajeros entran o salen.

subterráneos
Trenes eléctricos o sistemas de trenes que corren por debajo de la tierra.

tráfico
Todos los medios de transporte que se mueven en una calle y a una hora en particular.

trenes ligeros
Trenes eléctricos con rieles a nivel de calle e impulsados por cables aéreos.

Índice

Para aprender más

Aprender más es tan fácil como 1, 2, 3.

1. Visite www.factsurfer.com
2. Escriba "lostrenescitadinos" en la caja de búsqueda.
3. Haga clic en el botón "Surf" para obtener una lista de sitios web.